詩集

はるかな四万十川

井上寿彦

井上寿彦 詩集

はるかな四万十川

Ⅰ

Ⅱ

Ⅲ

Ⅳ

懐しい唄

Ⅴ

カット・櫻木　清

I

木曽川橋上

薫風や。

吹かれるほどの
髪がない！

夏が来た

日本人はどうして褌《ふんどし》を
忘れてしまったのだろう
路地の縁台《えんだい》で
うちわ片手にする夕涼みが
なくなってしまったからだろうか

日本人はどうして腹巻きを
忘れてしまったのだろう
女の子などがヘソ丸出しで

ひと夏を闊歩《かっぽ》し
デンデケデケデケ
太鼓をしょった雷さまが
ヘソの佃煮《つくだに》なんか
食べあきてしまったからだろうか

リ

リ　リ　という
油蟬の鳴き声を　聞いたことがありますか。
玲瓏《れいろう》　水晶の珠《たま》のような声で
リ　リ　と鳴くのです。
リ　リ　と鳴いたあと
短く　ジーィ　ジーィ
というところまでは　いくのですが
煮えたぎる油のような声には
いたらなくて

また
リッ　リッ　と細細鳴いて
それっきりなんです。

その時
つくつく法師も
しばしなりをひそめて

そこで
今年の夏の扉が
閉まるのですね。

水泳

プールで水泳を続けている。
水に抱かれて手足をのばすと
肺も胃も体中が透明に融けだして
その浮遊感がなんともこころよい。
隣で泳ぐ人の速さやタフさは気になるが
気にすると疲れる。
七百メートル泳ぎ三百歩く。
この二十年間週二回泳いで
まあなんと賢治のみちのく花巻まで

往復してしまった。
だから今年どうというわけでもないが
でも何か目指したいものがあったりして。

母

明治の啄木さんは
お母さんを
よっこらしょと背負って
あまりの軽《かろ》さに
つつっとよろめいて
ころんだ

母の形見の
真綿のでんち

たわむれに
羽織ってみた
その重いこと
重いこと

はるかな四万十川《しまんとがわ》

「せんせい
いっしょに
ふるさとの四万十川を
歩こ」
と言った生徒がいた。

朝三時に起き、八時間労働し、
昼めしをかき込んで、
昼間定時制にやってきて、

冷たい教師からいじめられ苦しめられ、
定時制なんぞ出たって、
給料上がるわけでなし、
出世できるわけでなし、
みんな学校やめていったけど、
先生にだまされて会社にだまされて、
どうにか卒業できた、
その卒業式の日に、だ。

「みなもとは
山のしずくだろうか
岩とぶつかって
魚と語らって

太平洋まで
えんえん流れ下る水のいのちって
なんだろうか
せんせい」
とつぶやいた生徒のはるかな瞳。
今、どこで何を見ているのだろう。

露

冷気が居住まいを正した夜の底で
花の蕾《つぼみ》が開く音がする

深い木立の下の草むらに
小さな木霊《こだま》がすだく音がする

遠くない穂高の岩稜《がんりょう》に
北斗七星の柄杓《ひしゃく》の柄《え》が垂れて
月の雫《しずく》をこぼしている。

ミステリイ

昔は大した漬物屋だったが、
今では表通りの売り場は閉めて、
裏道の作業場で数人が立ち働いている。
三階建てのビルで、出入り口は二階にもあって、
道路側にはめ込まれている。
屋内から戸を開くと、下の道に足から落ちてしまう造りだ。
それより何より不思議なのは、漬物にする菜とか大根とかを
運び入れているところを、とんと見たことがないことだ。
夜中に運び入れるのかと、夜を徹して見張っていたのだが、

来たのは産廃収集車で、大きな騒音をたてて、
袋詰めしたものを持ち去って行く。
そのあと霧のような静寂が漬物屋のビルを包む。
漬物を売っていることは事実で、わたくしは、
漬物を納めて大学病院の食堂の裏口から出てきた、
そこの軽トラックに、ひょんなことで出くわしたことがある。

音の雨

雨の音って
いい

秋の落ち葉が
古い家のまわりを
すっかりうずめて
木木たちは
「しばらくお休み」
といって

だまってぬれているのだろう

さっぱりぬぎすてられた
夏から秋への晴れ着のいろどり
その重なりに降る
雨の音って
いい

朝寝しながら
音の雨を聴くのはいい

悲歌

母　家出せし後、残されし姉弟の
姉の唄へる

十五夜お月さん　母さんは
ずっと辛抱　してました
十五夜お月さん　お部屋には
コンビニ弁当　からばかり
十五夜お月さん　母さんは

背中でドアを　閉めました

十五夜お月さん　弟は

とっくに息さえ　たてませぬ

十五夜お月さん　アパートに

きらら光は　あなただけ

十五夜お月さん　母さんに

「さよなら」とだけ　いいたいな

注　野口雨情の詩「十五夜お月」に本居長世が曲をつけた「十五夜お月さん」がある。

II

祝い歌

1

あれだけ飲んでいた酒の量を減らした。かつて節酒した時は、今日は飲めないと思うだけで、朝からプリプリ不機嫌で、縄のれんや赤ちょうちんの前は下を向いて歩いた。今でも毎日飲みたいと思う気持ちは変わらないが、晩飯によほどそそられる料理が出ない限りまず我慢できる。料理に釣られる心配はまずない、女房も歳をとった。

工夫もした。「酒飲み星取り表」をつけたのである。飲んだ日は

×、飲まない日は○、グレイゾーンというのも設けて、缶ビール三五○ミリまでは○。今は五○○ミリまでに改正。ところがこの「星取り表」、意外にゲーム感覚で面白いのだ。まず白星ならば、うれしい。負け越すとなんとか勝たねばと意欲がふつふつとわく。酒への欲望を、勝負のスリルにすり替えて、人間の心はなんと愚かで、けなげなことか。

野球が好きでドラゴンズファンである。一勝一敗でいくことがどんなに大切か。連敗するとその回復がどんなに苦しいか、昨年一昨年の竜の悲しみを、「星取り表」で実感した次第である。

今年もまた清清しいご交際を願い奉ります。

2

二人いる娘も息災《そくさい》に長じ、それはまあいいのですが、それらが上機嫌で酒を飲んだり、夢みたいなことを口走ったり、脳天気な楽天性を垣間《かいま》見せることがたびたびあるのです。

それが残念なことに、まぎれもない私のDNAだとこの歳になって気づいて、「己とは何か」の青春の哲学が、手品師の手並みで見事にパラフレーズされて、呆《あき》れている昨今です。

冬を越えれば花の春、まずは屠蘇酒《とそしゅ》に酔って候《そうろう》。

3

生《な》りものの木は下品だと庭師は言いますが、
生りものの木ほど植えて楽しいものはありません。
甘夏は、春濃密な花香を放ち夏たわわに実って、
黄に熟す秋冬は深い森に灯《あか》りを見るようです。
柘榴《ざくろ》の花は珊瑚細工《さんございく》、果実はルビーの宝石箱。
霜が降《お》りると葉は金片となって散ります。
紺碧《こんぺき》の空に柿の実、柿落葉は画学生のパレットです。
枇杷《びわ》や無花果《いちじく》の葉は、ごわごわで無粋な厚紙ですが、
にぎやかに野鳥の食卓を用意します。
庭先の小さな実りに今年も、幸いあれ。

4

定年も間近かの大学で「創作研究」という科目を受け持っている。小説や児童文学などを書かせるのだが、この頃、学生の作品の登場人物にやたらと禿が増えた。やつら禿なんて字は知らないはずだから、ハゲなどと過激に書いてくる。

そんな輩《やから》を前に、禿の効能を一席、顔を赤らめながらぶってます。曰く、頭のてっぺんから足の先まで、ツルンとボディシャンプー一つで洗える。頭の汗を拭うのにハンカチも要らぬ。髪の乱れを気にせずに、シャポーのおしゃれが楽しめる、等等と。

皆さまお達者で、今年の初日の出など拝まれたでしょうか。

5

鼻唄まじりで歩くのは、子どもの時からの癖みたいだ。通勤にも車をやめて歩くことが多くなって、ふと気づくと案外同じ歌を歌っている。

「アカシア並木の黄昏《たそがれ》は」というのは、松島詩子《うたこ》の古い歌。「泉に沿いてしげる菩提樹《ぼだいじゅ》」も多く、とくに地下鉄の出口で強い風を受けて「笠は飛べども……」なんて、帽子を飛ばされそうになるのだが、帽子は高いから、「捨てて急ぎぬ」なんてことはできない。

このごろ「我も逝《ゆ》かんはや老いたれば」なんてのが口をついて出て、縁起《えんぎ》でもないと思ったりするのだが、みなゆっくりしたテンポの歌で、こういう調子で、この七十年歩いてきたのかな、と思っています。
今年も皆様ともどもゆっくり歩めたらと念じています。

6

亡き母の作った夏蒲団《なつぶとん》を愛用している。母の夏蒲団は薄くて大きい。

姉《あね》さんかぶりで、真綿を引きのばし、綿をおいて作る姿が今でも髣髴とする。売っている夏蒲団は麻に似たサラサラ感はあるが、小さい上にお皿のようで、しなやかさがない。

母の蒲団の良さは、ふうわりと腹にかけておけば、寝返りを打とうがはみ出そうが、蒲団が身体についてきてくれる。

秋口、急に涼しくなった明け方、首まで引きあげれば、首すじに温《ぬく》もりが懐かしい。

真夏に生まれた夏好きの小生、今年も青き夏雲に会いたいと、一生懸命生きます。どちらさまもつつがない一年でありますように。

7

昨秋、奥歯を一本初めて抜きまして、それでも残り三十一歯。歯だけは、私の身体力の中で極めて優秀。とはいえ歯並び悪く石の如き黒さでも、三十一歯は四十七士の如く団結して、齢七十四の私を、水際のところで支えてくれているのであります。――それに引きかえ毛よ髪よ。お前たちは薄情なやつだ。三十になるかならないうちに俺を見限って、それならば潔《いさぎよ》く全面撤退するかと思えば、未練やな、頭からずり落ちて秋の草むら。ハとケの老いざまの孰《いず》れに倣《なら》うとなれば、迷うことなくハとともに、今年も生き抜く覚悟ではございまする。降り積む雪のごときご多幸を、あなたにも。

III

齢《よわ》い

一

年寄る　るるっと年寄る。
自分ではそう思ってないのに　人がそう言ってくれる。
言われて　そうかもしれないと
変に納得するところが情けない。
わたしは　まあ穏やかな性格だと思っていたのに
何でもないことに　無性に腹を立てるようになった。
それが若い時の腹の立てようとは違うんだ。

うまく言えないけれど。

幼児が公園の池の端で遊んでいた。
突然　若僧があらわれて
子どもの顔をめちゃめちゃ池に突っ込んだ　という。
子どもは窒息死はしなかったが
ひどいことをするものだ。
どうしてそんな事をしたか。
そいつが乾きにくい綿パンを穿《は》いていたのだそうだ。
その綿パンに　子どもが水をかけたから
キレてしまったと　若僧が言ったというのだ。

あ　それそれ　そういう腹の立て方。

それに　どこか似ている
年寄りの腹の立て方。

二

歳とると
人に言ったことが
無性に気になる。
偉そうな物言いだったと
あとから気付いて。
だから嫌われるんだ　ジジイのくせに。
それじゃあ　言わなきゃいいのだが
言わないで口にチャックでいると
めちゃくちゃ血圧が上がって
耳はぱんぱん顔から湯気で

これでは身がもたない。
言うか言わないか
その場で選択の余地がないのは
多分性分で
気付いた時にはすでに口は動いていて
この口八丁め。
あとはあわれあわれ
地獄の気分だ。

それでも極楽だねえ
歳とるということは。
一日耐えていれば
たいていの汚辱《おじょく》は霧消して

波静かな忘却の海のかなたに
漂流しているのだ。

新しいパジャマ

後期高齢者ではまだないが、
もう寝着《ねぎ》なんぞどうでもいい歳にはなった。
パジャマの首まわりは、老女のおっぱいのように垂れ、
下はひらひらの、蛸《たこ》の足のようなのを着て寝ている。
昼の洋服ぐらいは、少し気を遣《つか》っているが、
夜となるとこのていたらくだ。
だが、ちょっと待てよ。
夜でも熱中症ということもあるぞ。
トイレに行くとき、階段を踏みはずすことだってあるぞよ。

救急車に乗っけられるとき、着替える余裕などないわけだから、
救急隊員にこんな貧乏人、どこの病院でも構わん、と思われたり、
こんなヨレヨレ、ダメに決まってるよな、と捨てられて、
まだ生きて、何某《なにがし》かしようとしているわが身を、
むざむざ殺されてもシャクだから——。
女房よ。
寝巻なんぞと馬鹿にしないで、
お互い新しいパジャマで寝ようではないか。

翻訳

――アムゼルに

キッきゅ　キッきょ　きょきょ
ピックル　ピックル　チッチッ
ツクチーヨ　ツクチーヨ　きょきょ
ほきょ　ほきょきょ　りゅりゅ
チョコプー　チョコプー　チルルチルル

艶《つや》っぽい声で鳥が啼いている
インスブルックのホテルの庭

野鳥なのか飼い鳥なのか
チロル訛《なま》りのドイツ語なのか
鳥は図鑑通りには啼かないが
こんなに声張り上げるには
何か訳があろう

知らないっ　知らないったら
でもでも　だめだわ　だめ　だめ
わたし　ぜったい　だめ
早く早くって　ねえったら　わたし困るの
ああ　どうしよう　どうしよう　いっきいっきよ
ううん　どうしよう　どうしよう
みてみて　いやーん　なんとかなるわ

ね　ね　ねえったら

激しい驟雨《しゅうう》がやってきて
少し静かにしていたが
雨風《あめかぜ》が止むと
また興奮がもどってくるのか
向こうの木立で嬌声《きょうせい》をあげ始めた

霧が降りてきて街の灯がうるむ

橋

男はマザコンでいい
男は悪いことをしたがる
すぐ悪い心を起こす
汚れ川　橋の上で
あっちにふらり
こっちにふらり
おふくろの涙がぽろり
男はふにゃり
男はマザコンくらいが
ちょうどいい

IV

懐しい唄

コートリ

「コートロ　コトロ」
「コートロ　コトロ」
遠クデ
コートリノ　声
「コートロ　コトロ」

「コートロ　コトロ」
「ナク子ハ　イナイカ
キカン坊ハ　イナイカ」
声が
オモテノ　道ニ　サシカカル
　　ヒトリデ　ルスバン　シテイル

「コートロ　コトロ」
「コートロ　コトロ」
　耳ヲ　フサイデ
　息　トメテ
　ヘヤノ　スミニ　チッチャクナッテ
　カクレテ　イル

コートリノ　家ハ
ヒルモ　クライ　森ノ中
ワカレ道ヲ
細イホウ　細イホウヘト
タドッテ　行ッテ
石ノ家
窓ハ　ナイ
高イ　ヤネニ
エントツガ　二ホン
白イ　エントツニハ　白イ　ケムリ
黒イ　エントツニハ　黒イ　ケムリ
トッタ　子ドモニ　ノマス

クスリヲ　作ッテル
クスリヲ　ノマサレタ　子ハ
ネムッタママ
遠イ　国ニ　ツレテ　行カレル
ソンナ　ウワサヲ
ミンナハ　スル

コートリハ　スガタヲ　見セナイ
オトコ　ナノカ　オンナ　ナノカ
ワカイカ　トシヨリカ
ヤセテ　イルノカ　フトッテ　イルノカ
コートリノ　影ダケハ
見タコトガ　アルト

ミンナ　イウ

「コートロ　コトロ」
「コートロ　コトロ」
コートリノ　声ガ
行キ　スギル

「コートロ　コトロ」
「コートロ　コトロ」
コートリノ　声ガ
町カドヲ　マガッタ

「タダイマ

ヒトリデ　オルスバン　デキタネ」
カアサンノ　声
アカルイ　ユウヤケ

ナイフ

オレ
ナイフガ
ホシカッタ

シロネギ　イッポン
ミジカク　キッテ
イツモ　ポケットニ
イレテ　イタ

オレ
イロジロデ
オデコニ　サラット
カカル　カミガ
オンナノコ　ミタイデ
エガオガ　キレイ

デモ
メハ
ヨルノ　オオカミ
オオカミノ　メガ
ホシカッタ

オレ
シランプリデ
ポケットニ
イツモ
ナイフガ　ホシカッタ

ナイフガ
シロネギ　ナイフデハ
モノタリナクテ
アカイ
トウガラシ　ナイフニ
カエテ　ミタ

イザト　イウトキ
ギラリ
ソイツヲ
ヌイテ
ミタカッタ

タトエバ
オレガ　マントヒヒニ
オイツメラレタ　トキ

タトエバ
モモチャンガ
ナカサレソウニ　ナッタトキ

ギラリ
ソイツヲ
ヌイテ
ミタカッタ

ハトノ　ハネ
ソラマメノ　サヤ
カニスキノ　カニノ　アシ
ジャーマン　アイリスノ　ハッパ
ヤイタ　トウモロコシノ　ジク
コレハ
オレノ
ナイショノ

コレクション

イロイロ
アツメテ　イルケレド
オレガ
ナイフヲ
モッテル　ナンテ
ダレニモ　バレテハ
コマルノダ

オレハ
オキニイリノ
ナイフヲ

イッポン　エランデ
アソビニ
デカケル

デニムノ　ブルゾン
ホソミノ　パンツ
キョウハ
ヤキュウボウニ　ショウカ

ハリケーン
ムカイ　カゼ
ウズマイテ　ヤッテクル
サア

ポチ
イクゾ

ははきぎ

園原《そのはら》や伏屋《ふせや》に生ふるははきぎの

ありとて行けどあはぬ君かな　（古今六帖）

ははきぎは、美濃と信濃の国境ひ、園原伏屋の丘に立つ木といふ。遠くて見れば帚木《ははきぎ》のさまにそびえ、近寄ればふと消えておもかげもなし、といひ伝ふ。

「ほーう　ははきぎが……」

げんさんが　目をほそめて

遠いところを　ながめています
野をこえて　ひとすじ　のびる道が
峠に　つづきます
その　てっぺんに　いっぽんの
大きな木が　見えます
木は　すきとおった　みずいろの葉を
しげらせて
葉ずれの音が　川の　せせらぎのように
聞こえます

「女の子なら　さち　って名は
どうだろう」

げんさんが　そう　いったとき
家のなかから　げんきな　赤んぼうの
うぶごえが　聞こえてきました
にょうぼうは
女の赤んぼうを　うみました
「さち　って名かい　いい名だねえ」
にょうぼうは　すぐ　さんせいしました

さちは　目のきれいな　女の子でした
見ひらいた　その目は　しかし
動きませんでした
さちの目は　見えなかったのです

さちには　八つ　としうえの　兄がいました
名を　たきち　といいました
「ははきぎの　空が　ぬけるように　青い――」
「ほんとだあ　ははきぎは
氷で　できているの？　おとうさん」
「いや　ちゃんとした　木だ
だけど　たしかに　氷で　できているように
見えるね」
「ぼくが　大きくなったら　あのははきぎで
家を　たててあげるよ」
「ガラスのような　家が　できるのかな」
げんさんと　たきちの　はなしごえは

にょうぼうにも　聞こえました

にょうぼうは　さちに　そい寝を　していました
「ははきぎなんて　見えるだけで
ありは　しないのだよ
わたしは　あの峠をこえて　およめに　来たんだもの
そのとき　峠には　なにもなかったさ
ほんとうだよ」
それが　にょうぼうの　口ぐせでした
「さちや　あんな木が　見えなくても
ちっとも　悲しがることはないよ
ほんとうに　なんにも　ないのだから」

三ねん　たちました
「おとうさん　ぼくは　ははきぎで
船を　作ろうと　思うよ
あんな大きな　すきとおった　船が
夕日の海に　うかんだら――」
「たきちも　そんなことを　考えたのかい
おとうさんも　おまえくらいのとき
おなじことを　考えたよ
おやこは　ゆめまで　つづいているのかな」

げんさんの　にょうぼうは
そんな　はなしが　きらいでした
「くだらないこと　いっていないで
たきちは　勉強が　あるんだろ
ぼさぼさしていたら　ゆめ見の　たきちと
人に　わらわれるよ」
「おかあさんは
いつも　勉強のこと　ばかりだね」
「それが　いちばん　たいせつ　なんだからさ」
「勉強が　いちばん　たいせつなの」
「そうさ　勉強することは
生きていくこと　だからね
ゆめを見ることでは　生きていけないよ」

「……」

「おにいちゃん　ははきぎの　船ができたら
　さちも　のせてくれる?」
にょうぼうに　だかれた　さちが　いいました
「もちろん　のせてやるよ」
「うれしいな
　さちにも　きれいな　ははきぎが　見えるわ」
「ええっ…」
そんな　はずないだろうと
言おうとした　たきちの口を
げんさんが　しずかに　おさえました

「そう　さちにも　見えるか　あの　ははきぎが」
さちは　こっくり　うなずきました

また三ねん　たちました
この丘の町も　すこしひらけて
すむ人が　おおくなりました
さちは　目の見えない人の　学校へ
あがりました
たきちは　中学の　二ねんになりました
「おとうさん　ぼくは　あの　ははきぎで
うちゅうロケットを　つくろうと　思うよ」
「ああ　いいねえ

おとうさんの　わかいころには
うちゅうを　たんけんするなんて
かんがえても　みなかったが…」
「青い　うちゅうを　とんでゆく
あの木の　ゆめを　見たのだよ」
たきちの目は　かがやいていました

げんさんと　たきちが　はなしをしていると
にょうぼうが　口を　はさみました
「ははきぎなんて
どこにも　ありはしないよ
わたしは　この目で

ちゃんと　たしかめて　きたのだからね
そんな　ゆめのような　はなしばかり　していると
みんなから　あいてに　されなくなって　しまうよ
だれが　今どき　ははきぎなんか
しんようする　ものかね」
「でも　じっさい　あんなに　くっきりと
そびえて　いるじゃないか」
「でも　わたしが　峠をこえるときには
ほんとうに　なにも　なかったのだから」
「それが　どうしたと　いうのかね」
そのあと　ふたりは
きっと　口をつぐんで　しまうのでした

うとうと　するくらい　あたたかな　春のひるさがり
さちは　えんがわに　すわっていました
とつぜん　胸がときめいて
たましいが　あくがれ出ていくような
きもちに　なりました
いい音色《ねいろ》が　聞こえて　きたのです
なんの　音だろう
高く　低く　さちの　耳のまわりに
小鳥が　なん羽も　さえずりながら
とびかって　いるのです
遠いコーラスの　しらべも聞こえます
「ああ　あれは　ははきぎの葉のなる音」

「さち　友だちを　つれてきたよ
ゆたかくんだ
フルートが　とっても　うまいんだ」
たきちが　はずんだ声で　いいました
「じゃあ　さっきの　いい音色は
フルート　だったの」
「そうさ　さあ　たっぷり　聞かせてもらいな」
フルートは　歌い出しました
笛の上で舞う　ゆたかくんの　かろやかな　ゆびが
見えるようでした
さちは　フルートが　だいすきに　なりました

でも　フルートは　まだむりでしたので
げんさんは　たて笛を　さちに　かってやりました

さちは　たて笛を　まいにち　ふきました
しかし　なかなか　うまくいきません
「うるさいなあ
　ぼくは　勉強　してるんだぞ」
たきちが　おこり出しました
たきちは　上の学校へ　ゆくために
ほんきで勉強を　はじめたのです
さちは　じゃまに　ならないように
家のそとで　笛の　れんしゅうを　しました

れんしゅうの　あいまに
ゆたかくんの　フルートを
たまらなく　ききたいと　思いました
しかし　たきちは　ゆたかくんを
つれてきては　くれませんでした
それどころか
「あんなやつ　フルートばかり　ふいてやがって」
というのです
そのとしも　またつぎのとしも
さちは　ゆたかくんの　フルートを
聞くことは　できませんでした
勉強の　おかげで　たきちは
上の学校に　進学できました

丘の町の　祭りの日　音楽会がもようされて
さちは　ひさしぶりに　ゆたかさんの
フルートを　聞くことが　できました
ホール　いっぱいの　人びと
空をわたる　鳥のように
りゅうりゅうとなる　フルート
なりやまない　はくしゅ
ゆたかさんの　えんそうは
たいへんな　ひょうばんを　とりました

しかし　さちには　なにかしら
ものたりない気が　しました
まえに聞いたのと　どこか　ちがうのです
家にかえって
ひとりしずかに　たて笛をふいてみて
ふっと　気づきました
ははきぎの　ばんそうが　なかったからだと——
水の　ながれるような　ばんそうがあって
ゆたかさんの　フルートは　生きるのだと
思ったのです

あの　ははきぎの　葉ずれの音は

楽器にすれば　なんだろう
さちは　竪琴《たてごと》を　知りました
音色といい　かたちといい
いっぺんに　気に入りました
さちは　竪琴を
せんせいについて　習いました
うちでは　ははきぎの葉の音に
学びました

そのころ
働きものの　さちの　おかあさんが
なくなりました

それを　追うように
やさしかった　おとうさんも
なくなりました
「なあんだ　さちの　竪琴だったのか
　ははきぎの　葉の音とばかり　思っていたよ」
ほほえんで　いってくれた　ひとことが
さちの心に　灯りのように　残っていました

兄のたきちが　大学に　すすみました
目の見えない　さちが
ひとりで　くらしてゆくことは
おおごとです

たきちは　それが　心配でした
きっと　だいじょうぶと
さちは　いいました
おとなりの　おばさんや
友だちが　たすけて　くれました
さちが　いちばん　がっかりしたことは
峠をこえていった　たきちの　手紙でした
「峠には　ははきぎなんか　なかったよ
おかあさんの　いったとおりさ」
そう　書いてありました

それから　また　何ねんかが　たち

さちは　上の学校に　入学しました
音楽学校　でした
竪琴を　しっかり身につけて
それで　生きていこうと
心に　決めたのです
おせわになった　人びとと　わかれて
峠への道を　のぼってゆきました

ははきぎは
きっとあるに　ちがいない
さちは　そう　信じていました
わたしの目には　見えなくとも

くっきり　立っているに　ちがいないと…
さちは　竪琴を
まごころこめて　かなでました
美しい小鳥が　飛び立つような
峠越えでした

花

四月。
町の小さな公園に
すべり台より　背の高い鳥が　すみついた。
マスカット色の　大きな羽が
うろこみたいに　はりついた翼を　たたんで
一本あしで　立っている。
風がくると
ゆっさり　ゆさゆさ　翼をゆすって
さあ　飛ぶぞと　見えるのだが

飛び立つところを　だれも見たことがない。
こんな大きな鳥が　空を舞ったら
翼は　太陽のステンドグラス。

六月は
雨の壁。
ブランコも土も　空までも
みんなだまって　ぬれている。
鳥は　いつのまにか　いなくなって
あとに　大きな　こうもりがさが
一本　忘れてあった。
かさの上に　毎日毎日　みどりの雨。
かさの下に　黒い　ねじりんぼう。

こんなにたくさん　だれがすてた？
だれもすてない。
それは　雨のあしあと。
見上げると
かさの骨の先に　なにか光っている。
雨のしずくでなくて　小指の先くらいなもの。
鳥の卵かな？

八月。
かさが　山になった。
小さな公園に　どっかり　御嶽山《おんたけさん》がお出ましだ。
山の中で　だれかしゃべっている。
あれは　卵じゃなかった。

きらきらきらきら　よく動く口で
歌っている　夏の歌。
お山は　上機嫌。

九月。
通り過ぎた　台風が
ぱりぱりの　手焼きせんべいを　焼いていった。
一枚一枚に　お醤油《しょうゆ》をつけて
公園のみんなに　配っていった。
ぼくも　もらった。

十一月。
こがらしが　吹いた。

御嶽山が　噴火して
すけすけの網になった。
天の網。
五角形や六角形の網の目に
卵が咲いている。
やはり　あれは卵だった。

三月。
なめし革《がわ》の　からを破って
卵から　白いくちばしが　生まれた。
くちばしは　みな　右へならえして
えさを　待っている。
親鳥は　どこからも来ない。

生まれてみたが　親はなく
寒《かん》のもどりの　寒空に
腹のへった　くちばしたちが
ふるえている。

春の鐘が　鳴る。
きのうと　うってかわって
今日
光が　踊る。
光が　満ちる。
くちばしは　うでをつき上げ　足ぶみし
網の上に　おどり出た。
魔法縦横　白い鳥。

何百　何千　白い花。

花ざかり

白もくれん

V

お伽噺《とぎばなし》

田舎の高校の宿直室のガラス窓を叩いて
真夜中に生徒がやってくる
一升瓶さげて――

夜を明かして
未来のこと語って
芝居のこと話して
女のことで笑って
酒まで飲んで

で、今
役者にもなれず
詩人にもなれず
好きな女も物にできず
それでも楽しくっておかしくって
教師と生徒

せんせいよ
ほんのちょっとだけ
先生をやめようよ

マイホーム主義

鵯《ひよどり》は渡り鳥で、秋、伊良湖岬《いらごみさき》に集まって
群れで南を目指すのです。
同じ時季猛禽類《もうきんるい》の刺羽《さしば》なども渡りをしますから、
海辺の小さい森に潜《もぐ》って天敵を避けるのです。
と、朝のＮＨＫテレビが言っている。

おい、ヒヨドリ。
うちの庭に春夏秋冬やってくるヒヨドリよ。
おまえたちはどうして渡りをしないのだ。

いつも二羽そろってやって来て
水盤のプールで水浴びし「お先に」と言って先のが出ると、
木の枝で待ち受けていた連れ合いが入浴する。
水を飲みまた入浴して「お待ちどう」と合図して
飛び立ってゆく。
あとから見ると水盤に糞《くそ》まで垂れ流しているではないか。
この安寧《あんねい》に比べると渡りは面倒臭いか。危険が多くて嫌やか。
でも時々は群青《ぐんじょう》の海原を高く低く飛ぶ
仲間たちの夢を見ることがあるのか。

渡りは止めたとしても
その、飲み水も風呂水もトイレもいっしょというのは、
考え直した方がいいのじゃあないか。

赤い夕陽を見に行こう

夕陽を見に行こう
地下鉄にのって
矢田川にかかる
三階橋《さんがいばし》まで
冬の夕陽を見に行こう

薄暗がりの中
手探りして
流れる川の果てに

夕日は落ちる
落ちて
棚雲の下に
とぐろをまく

とぐろをほどいて
かま首もたげ
ぼくと
同じように
ため息を一つつく
ため息は
広がって広がって
しみじみ

冬の大きな
夕焼け
東の空には
白い月

冬の日

鵯《ひよどり》か
目白《めじろ》か
柄長《えなが》か
山雀《やまがら》か

赤実千両を食ったのは
黄実千両を食ったのは

手土産

「見て
杉林のあちこちに
白い鳥が
巣ごもりしている」と
妻がはしゃいだ

初冬の高山線を
奥飛騨の山の湯へ
湯浴みに行くときだ

「巣ではなくて
初雪が消え残っているのだろう」
「そうっか
冬将軍って義理堅いのね
来るときには
手土産なんかも
忘れないんだ」

メモ帳

ケンさんは
いつもメモ帳を
首からぶらさげて
浮かんだ詩句を
人前でもメモしたそうな
ぼくには
そんなキザなことをする
勇気も自信もない

夜明けの寝床には
いい詩句がおし寄せてくる
起き上がって
すぐメモればいいのだが
寒いし
めんどうくさいし
これくらい覚えておられると
タカくくるものだから
朝になってフレーズはおろか
何の詩だったかも
健やかに忘れて
いまだろくな詩を得ない

巡礼

女房が
いびきぐうぐう
眠っている
――こんな女じゃなかったが

――と
しばらくして
鈴をふるような
澄んだ寝息に

静まっている
夢で
巡礼にでも
出たのだろうか

大晦日

「今年もいよいよ押し詰まりましたな」
「泣いても笑っても今日でおしまい」
とか何とか言っちゃって

あしたになれば
てんこもりの月日がやって来るがや

春

結界を
ジェット雲と
切りさいて
雲雀《ひばり》よ
まるで
行くところが
あるみたいじゃないか

「はるかな四万十川《しまんとがわ》」について

ぼくの古い詩にこういうのがあります。

はるかな四万十川

「せんせい
いっしょに
ふるさとの四万十川を
歩こ」
と言った生徒がいた。

朝三時に起き、八時間労働し、
昼めしをかき込んで、
昼間定時制にやってきて、

冷たい教師からいじめられ苦しめられ、
定時制なんぞ出たって、
給料上がるわけでなし、
出世できるわけでなし、
みんな学校やめていったけど、
先生にだまされて会社にだまされて、
どうにか卒業できた、
その卒業式の日に、だ。

「みなもとは
山のしずくだろうか
岩とぶつかって
魚と語らって
太平洋まで
えんえん流れ下る水のいのちって
なんだろうか
せんせい」

とつぶやいた生徒のはるかな瞳。
今、どこで何を見ているのだろう。

これは、詩を書いていたころのぼくの詩で、学校で定時制をもったときのものです。定時制は、普通夜間開校するもので、ここは昼間定時制とあるように、特別に作られた学校をさすのです。

昭和三十年代の初め、景気がよく、一宮などの尾西地方で毛織物産業が盛んでした。工場が女子従業員を募集するために、全国規模で若い人を探していた頃です。ぼくはこの詩を書くとき、登場人物を女生徒ではなく男生徒にしました。繊維の従業員とは書いてないから、普通によめば男でも女でもいいわけですが、ぼくが男にしたのは、詩の中でいっしょに歩こうなどと、書いたからかもしれません。

繊維工場の勤務は二部制で朝の部と、そのあとを受け持つ後半があって、工場はその二組が続きで働き、工場の空き時間を定時制に通わせるという仕組みになっていました。だから学校では、朝工場で働いた生徒を、午後二時から授業をはじめ夕方までに終わらせる。朝学校に来た生徒は、昼に工場へ返して、労働をするという仕組みになっていて、会社の二部交代制が、学校と連携させられるようになっていました。

この戦後十年の時代は、地方ではまだ高校が十分でなく、今考えると都会に近い高校でそういう準備をすることは、悪くなかったかもしれません。しかし生徒たちの八時間労働と、学校の四時間授業はいかにも忙しく、教師の目から見て、人間ぎりぎりのほんとうによくやっているという感じのものでした。

そのうえ定時制を出ても、給料が上がるわけではなく、会社の地位が上がるわけでもなく、なんで定時制に行くのかという悩みが、つらく生徒にはあるのでした。学校がクラブをするとか運動会をするとか、授業以外の行事はきわめてむずかしく、会社が生徒に教育を与えるというより、生徒を会社に釘づけにするような反発さえも感じられて、教師はなにかと工場のやりかたには反対してきたところがありました。

とはいっても北海道から沖縄まで集められた、しかも試験を合格した生徒たちは、成績の優秀な人がたくさんいました。そのうちの女生徒の一人が、ふっと四万十川を歩いてみたいと言ったのです。それも卒業式の日にです。この言葉は、切なく胸にひびきました。しかしかなわぬ夢だろうと思っていました。

ところが、時が過ぎて今年の春、同窓会をやった時、その詩の主人公が、先生、四万十川に行ってもいいよ、と声をかけてくれたのです。はじめはぼくもちょっと戸惑って、えっと、答えておきましたが、夏過ぎに行きましょうよと、また誘いがありました。ぼくは八十一歳、彼女たちは今では六十五六。十五歳違うのです。

同じ会社の寮で青春期を過ごした彼女たちは、朝のドラマの「ひよっこ」のように、集まったり行動したりすることが気楽なのです。飛行機か何で行くのかと聞くと、名古屋を新幹線六時五五分のひかりに乗って岡山まで行く。岡山から瀬戸大橋線、土讃線で高知、そして土佐くろしお鉄道で中村、その中村が四万十川の中心なのです。そんな遠いところまでを一泊で行くと言うのです。いかにも交通費がもったいない。ぼくは朝の早いのが気になって、どうしようかと迷いだす。すると先生にはやっぱり無理だから、また今度にしましょう、と言い出すのです。確かに、ぼくの最近の身体から言って無理かもしれないと思ったのです。

彼女の実家は、高知の土佐清水。足摺岬が太平洋へ落ち込むその北の、四万十川の河口近くの布浦という海辺。中村から公共交通機関がないからタクシーで三十分。そこがまた海岸がきれいでね、大石があって細かい細かい小石がざっくりあって、ほおずきもたくさん取れるの。

ぼくは海がすきだから海を見にいくことも多いのですが、海ほおずきがたくさんある海なんて知らない。四万十川もそうだが、そんなにほれぼれするような美しい海を見てみたい。それに四国といえば生き死にの今、もう一つ体験したいことがあったじゃないか！　そこでもう一度彼女に電話して、ぼくはそういう海を見たいから、向こうで会おうということにしました。

これを読んでいる人は、生徒に嫌われているのではないかと思われたでしょうが、この生徒たちはそんな意地悪な人はいないのです。先生、何かあったらどうする？　たとえば？　彼女は少し言い及んで、ぼくが病気になったり…、そんなことないとは言えないけど、今年の初夏フェリーで北海道に行ったよ、一人で。花街道見にね。大丈夫だよ。

ぼくは名古屋を九時過ぎの新幹線に乗って、はるばる四国の南西の中村についたのが十五時半。彼女たちの来るのは翌日だから、まず中村という町の飲み屋探しに時間をさいた。特になにもない町だが、飲み屋街が市役所の周辺にあるのがおかしかった。観光案内所もなくて、自転車を貸し出す店で、刺身はもちろんだが川えびと、汽水域の青さのりの唐揚げがおいしいと聞いた。そこへ行くのは夜にして、とってあったビジネスホテルに入った。

翌日はくろしお鉄道の終点、宿毛に行く。すくもと呼ぶこの地も一度行ってみたかったのですが、鉄道も二時間に一本あるかというところで、着いてはみたが、古い偉人の町と咸陽島のだるま夕陽の面影を、これもタクシーで回わったのです。

予定通り彼女たちは、一日遅れの十三時過ぎにやってきました。仲間は全部で四人。ぼくを入れてタクシーは狭く、頼んであった車で中村から布崎まで山中を走りました。

山中を抜けて海が顔を出す。考えてみると、彼女がぼくに語った話は五十年も昔の話。広い太平洋と打ち寄せる大波は変わらなくても、やはり海ほおずきは上がっていませんでした。彼女たちもさすが一泊はやめて二泊にし民宿に泊まり、ぼくは中村に帰って「無手無冠」という酒に酔い、明日はいよいよ四万十川へ行くのです。

四万十川は高瀬沈下橋までクルマで三十五分、そこで女子軍と出会うことになっていたのです。川は碧緑にして波はたたず、周囲にあるのは深い森。川からせり上がる石の群れ。我々と船頭と舟の音が黙すれば、しみいる静寂。

四万十川は水量が多いので考えられた橋が、手すりのない橋、つまり沈下橋で、洪水の被害はまだないと言います。でも十四五年前大水の時があって、岸の竹林の穂先には布が引っかかって、水の高さを示しているのです。あのときは川も道路も木々もすっかり水に隠れて、回復までに十日かかったと、船頭はいいます。

いつぞやNHKテレビで四万十川の流れをやった時、まだ四万十川の名がなくて、「一級河川何号」では、題目にもならんというので、四万十川の名が生まれたのですよ。それからこれが有名になりましてね。世界からみんな来るのですよ。日本の静流です。

――え？　それは変だ。ぼくがこの詩を作ったとき、彼女はたしかに四万十川と言ったはずだ。第一こんな大河が名前もなく一級河川何号で流れるわけがない、とぼくは思った。五十年の昔ながら、そんなまぼろしも面白いと思いました。

舟で遊んで、川の岸をたどり、でこぼこの細い道を行く。これが三里沈下橋ですよ。車から降りて歩いてみたが、そのうそうそしさ。反対側に数軒の家があるが、風が強ければ橋からころげそうだし、足元も不確かだ。今度は戻りの佐田の沈下橋。これは少し幅がひろく橋の中にすれ違い用の、でっぱりが三か所。この辺りは大きな車は禁止だが、それにしてもこの川の細い橋で、すれ違う緊張。

四万十川を歩くという夢物語は、こんな具合でした。

女性たちはこれから足摺岬に向かうという。田宮虎彦の「足摺岬」は戦後の小説で感動的でした。ぼくは学生時代に訪ねていて、この日は四国へ来たもう一つの目的のために、切符を切り上げて高松に急いだのでした。これももう昔ですが、瀬戸内に小さな島があって素人の俳人があまり上手くない句を作ったところがありました。その句に笑って、松山に行ってそこで食べたうどんが、妙においしかったのです。ぼくはうどん好きですが、友達も同じでもう一杯食べて帰りました。この四万十川を歩く話はそのあとの話で、松山ではなく、香川県の高松の方がほんとうはもっとうどんがおいしかろうと思っていたのです。

さぬきうどんは今ではどこにもありますが、あまりおいしいとは言えません。出発前からネットで、さぬきうどんの名店をメモしてきました。うどん屋は小ぶりだからか場所がおぼつかないのです。ぼくはお昼に列で並んで食事をするのは好みません。高松のうどん屋も、半分ひっくり返ったようなところが多いのでした。うどんなんとか名代という店を探して行ったのですが、行列が表三軒の店分続いていて、でもじっと待って食べて帰りました。おいしいのかどうか、昔たべたもう一つという具合ではなく、なんだという気持ちでした。また丸亀まで行って食べてみましたが、同じでした。おいしいものがありふれて、ぶっかけとか釜揚げが、もう追いつかないのかもしれません。

丸亀の美術館の猪熊弦一郎の戦争中の絵が面白く、終わりにぼくの四泊の旅を慰めてくれました。

二〇一七年十一月

井上寿彦

井上 寿彦（いのうえ・としひこ）
1936年、名古屋に生まれる。愛知県高等学校教諭から東海学園女子短大・人文学部教授、名誉教授。
日教組文学賞 小説『時計』『星の街』（教育評論・文学界）受賞（1974年）。講談社児童文学新人賞（佳作）『三リットルの月光』受賞（1976年）。北川千代賞『田園詩人はどこへゆく』受賞（1979年）。新美南吉文学賞『みどりの森は猫電通り』受賞（1981年）など。
【主な著書】『マーチングマーチ』『星たちのきらめく丘』、評論『賢治、「赤い鳥」への挑戦』『賢治 イーハトヴ童話』（菁柿堂）『賢治さんのイーハトヴ』（風媒社）など。

画・櫻木　清（さくらぎ・きよし）
1946年、愛知県生まれ。金沢美術工芸大卒業後、大手広告会社勤務。
定年後は、鎌倉に移住。

詩集　はるかな四万十川

2018年6月20日　　第1刷発行
（定価はカバーに表示してあります）

著　者　　井上 寿彦
発行者　　山口　章
発行所　　風媒社
〒460-0011 名古屋市中区大須1-16-29
TEL 052-218-7808　振替 00880-5-5616
http://www.fubaisha.com/

印刷・製本　モリモト印刷

ISBN978-4-8331-2099-9